白鲸文丛

"白鲸文丛"编辑委员会

西　渡　　敬文东

张桃洲　　吴情水

总策划：吴情水

城邦之谜

2015—2020

The Enigma

of

a Polis

杜绿绿 ——— 著

上海教育出版社

目录

1 序诗

第一辑

5 新生
7 落日
10 幽灵
13 城邦之谜
15 预言
17 理想之城
20 歌声
22 夜歌
24 新人类
26 智者的爱
29 炭
31 迷失的雾
33 小镇故事
35 未来世界
38 画中人

40	美好时刻
43	童话
45	夜谈
48	现代的夜晚

55　第二辑

57	现代隐士外出记
59	花园
61	朋友
65	同行
68	不被驯服的
70	时间的真相
72	女孩们与她
75	后山
78	秘密
80	诗人
84	捕猎
86	谎言录
88	消极也有意义
91	云上自省
93	暴风雪
97	消失的气味
100	战斗
103	急流

106　树

108　光的轨迹

110　感谢麦斯特同志

115　失控的小说家

120　冷雾

122　鉴赏家

126　怜悯

128　当他醒来

130　应付艰难之道

132　新来的旅客

134　物化

136　肉

138　那颗星

140　真相

141　隔离

142　垛楮

149　**第三辑**

151　请宽恕

152　被禁止吐露的

154　天真记

156　女演员来到夏季

157　造梦师的预感

159　犹如深海

161	芳芳小姐
163	我命令自己
165	爱的知识
166	现代奔月记
170	赞美夏季
172	星空
173	献诗
179	我们为什么爱你
181	不可原谅的
183	她是谁?
186	谁之过?
187	我看见未来
194	跋诗

序诗

这些诗献给您。

您使平常之事呈现动人
与不动人。
使我呼吸,以及有勇气呼吸。
使我爱和不爱。
使我看这些正在发生的事、过去的事。

将要到来的
也在我窗外的山林中摇动。

第一辑

新生

她想成为新世界的一员
便来到我的梦中。

传说中的光明
使她放心,这里——
没有多余的人,
动物异常冷峻。

"——是你的乐园,
你的领地,可你在暗昧中沉睡"。
她自在地躺下
在我的梦里,
像是拥有整片地方。

"平庸的空间正在被替换,
勇敢者能得到它——"
荒草望不到头
失重的云朵掉下来。

"我自己就是路,请走过来",
她摊开手脚,
伸长每一个关节——
占据了所有我看到的画面。

"你要走很远的路,
请从西北的马群里挑选你钟爱的"。
她指挥我的梦,调整观察视角
贬损这里规范的、让过往入梦者
一致赞赏的平衡。

她将我拖进梦里,放在马背上。
"你只能去寻找另一处
建设中的国度,无法计数的空壳
葬在岩层中——"

我失去了我的梦,
她在我身体中醒来。

落日

到我帐篷来,迷恋土地的人——
停止在地图上摸索。
死去的狗活不过来,
我教你怎样生活。

看,环绕我们的这座废城
夺人心神,盛世之景犹在眼前。
这儿有过一棵大树为万人遮荫,
夏季初到此地,必将贪恋
己身与他人触碰。
去树下吧,我送你一段时光。

在树下久坐,
扩张我们的心
——填满蜜糖与谷物——东方式操作。
土地属于足够强硬的人,
但我这样软弱也应被尊重。

我想带你去废城中心。
手给我,
它粗糙不安,需要被光滑的水珠打磨。
我们去泉水中寻找硬币,
居民和宠物跑光了,金色沉入水底
失去围观者
我们还要钱干什么——
你喊出声来,你喘不上气了

——只剩下这些东西
房子学会了退化,泥土中犹疑的香气
塞进我们裂开的皮肤。
我可以种一棵树
在你胸口,
它失去绿色。

我们有的是被损坏的物质,
暴雨凝固成白雾
停留在城外的落日顶上,
"去我眼睛里取出长梯,
你醉得像失踪的本城居民"。

快抓住那些风——
你要独自走了吗?
傻瓜。

幽灵

读完这些——
未能实现的事
沉入河道,
我们精力太充沛,
叙述文体微弱变化中。
——谁会死在清澈水底?
从西南到东南的遥望,
高原夜雨,
我们凝听神秘人有效的词语。

活一天,
这一天便不得平静。
他来,他去,
别人的广阔受其操控。
他像父亲一样严格,
给我们穿衣、系腰带,
该看的都让看了
那蒙羞的混乱在野地里操练。

我们制造了更多孩子——
被遗忘的,不合时宜的。

黏稠的语感
瓜分善用悼词的我们。
这种时候,合理使用控制权
高于幻境涌动。
"这是去外国殖民的方式,
权衡利弊的人将学会灵活的兽语
以及无效抵抗——"

我们要去的地方太远,
旧河道已经衰败。
流动的情绪,
活跃在他下降的声调里。

——那急速消失的河水,
灌进我们的衣领,
跌落下来,
汇成足够的船资——
我们欢呼,爬到他颤抖的
肩膀上。

我们吃他的舌头、他的权力，
将他捏成一团，
投进河底。

先生，再见。

城邦之谜

人们等待一位木匠,
谷仓和工具已经收拾整齐。
入夏后,南方暴雨频频
山里白雾徐缓而来,
飘摇如苏醒的幼龙娉婷
游向山外。
它竟渴慕离去?

服务此地是多少巧匠的荣耀,
本地人自组小小城邦,
规则受人尊敬,每个居民都有了
必要的作用。
一门独特的手艺正在形成,
尚缺木工配合。

木匠被此吸引,
不惜贱卖店铺申请入山。
余生投入无尽的田野,他想:

我该怎样去塑造这一切?

他坐在一辆普通大巴上,
身边拥挤着游客和农民。
他们忽然集体失神,
窗外有条白龙
慌张地向远处飞去。

木匠没有注意到这些,
关于新手艺的想象
侵占了他的眼睛、大脑,
他仿佛已站在久仰的圣地。
谷仓门开着,
迎接这位新主人。

与以往每次一样,
井井有条。

预言

留在城里的人,去山边
建起一座瞭望台。

这是个好季节,
云层与植物迅猛生长,
土地湿润,暴雨下得贪心。
奄奄一息的,
都醒来了。

变色龙忘记修饰身体,
野猪跑入人群中,
囚徒的铁链松开,
不可思议之事,时时涌现。

从高处看过来,
云海下,万物逐渐消亡。
挨饿的人们
倒进建设瞭望台的石头堆。

信号无法传递,
现代才智不堪一击。
剩余体能使用在
打磨石料上
——精致的立方体,
被切割成恰到好处的大小。

任何时候,手艺活
都需要敬佩,
以及讲究。
何况除了重复,再重复,
等死的人,
还能有什么
别出心裁的创意?

空白处写下遗言,
码在不断加高的瞭望台上。
天也要低下来,
迎接这可疑的一天。

理想之城

巨兽从海里探出脑袋,
查看天色。

脱离主人后,
它失去许多享乐之物、心醉的时刻。
以及迷人的性情?
毁掉一件反复修改的杰作
——它自己,
重新建造理想之城。

好作风的主人
有他的心事与机智,
是缺乏同情心的创作者,
为它到来的每一天,勾勒出
稍嫌累赘的素描。
它的犄角,
它的与众不同。

记录巨兽的成长,是澄清
城市奇雾的便捷方法。
战后,
混乱随处可见,
倒塌的房舍形成迷宫,
它在出口被捡到。
散落地面的纸筒、瓦砾
发出遥远的,
海底翻腾的长调。
假如它能睁开眼睛
认出海——

从被描绘在画布上,
它不再忧伤、动心。
色彩抽去多余的情感,
保留它服从的本分。

然而骄傲是天性,
这座城市也并不稳固。
流动的天空
有力蛊惑了轻薄的土地——
巨兽,在某日醒来时,

发现一桩
显而易见,但被所有市民
忽略的秘密。

城市在飘浮,
接近云朵,又远离——
像可怜的野狗
到处嗅着,被驱逐。
它竟寄生在这
默许的催眠中。

境遇如此糟糕,
迫使它
重新审视丰盛早餐,
画布折痕里
不断涌来的海水。

巨兽生出疑惑,
城市会去哪里?
它苦思几夜,
不告而别。

歌声

有些故事,生在阴冷之地
常人无法走入那片
坚硬的灌木林。
树枝密集,
好斗的雄鸟
停留在最深处,
模仿魔笛奇异的高音。

善于吟唱的家族
有力地支持它,
林外,更多好奇心
跟随它的叫声来到。

走运的那一个
可以靠近故事边缘,
盛开的景象
使之伏地。
这个人,若有足够好心

与诚意——
他能从雄鸟
绿褐色的胸脯下,
收集到零乱的故事线索。

当傍晚过去,
所有白描的情节呈现,
他也随之动摇,
进到故事里,成为一个环节。

那高歌的雄鸟
白色眼圈,
明亮,消瘦。

夜歌

她捕捉到奇特的语调
在脑壳中循环。
柔软的线,穿起这片高低错落的音符。
夜晚折磨着
异域女人的喉,黑女人
歌声落入绵绵黑暗
再不回来。

(我知道那里有些什么,
但不想说出来,我害怕死
——时光虚度多日,
属于我的欢乐还未来到——我不能死。
不能这样犹豫地死。)

她呀,将手伸进左耳里
掏尽萦绕的声音。歌者
已离开阳台回到喷满香水的卧室,
黑皮肤流出黑油漆,流过门缝
从台阶上滚下来

来到她脚旁,爬上这个迷蒙的人。
她的眼睛本来是黑色,
现在更黑了。
如果她开口,
也会唱出动人的歌。

(她不会有任何声音,我很遗憾。
她不能,她不想。
我不能代替她歌唱,
捉来埃克罗厄斯的女儿,
也会沉默。)

她是低沉的月光
是声音过滤后的休止
是看不见的远处
——那儿,什么都有,所有。

(我不需要任何,
更不去远方。我从来没有见过她。
我关闭了耳朵。)

可她多么迷人。
像我的心,在跳动。

新人类

新来的一群人,
要学习分析台风过境后的一段路程。
离海已远得很,
这城市往内陆去,登陆地不断纵深
像环绕星球的峡谷
延长,延长,涌出灿烂,岩浆?

夜色支配着深蓝,
他们的血液也是这般晶莹,泼洒
满地的宝石——那虚弱收敛的计划——

遵循此地老传统,朴素,
闷声闷气。
做一支有纪律的队伍,
隐藏进公路上低头走路的本地人。
只是,远处的台风使他们迷失。

回到大海,还是穿过这座城市

寻找最终该去的地方?
谁也拿不准主意。
领队穿上西装,
埋掉西装的原主人
像个平凡的人类,抽起香烟:
"万宝路,你们捏捏——"
他们互相模仿着,
犹豫,被绿色的迷雾修饰校正。

过街天桥下隐蔽的水沟挖得更深,
暴雨打落的樟叶填满这些坑洼。
他们擦净手掌,
向不同方向走去。

——那最初的巨浪!
掀翻近海的几个渔村。他们竭力
忽略此事,
也忘记自己是为数不多的
幸存者。

智者的爱

"这些风景是什么呢?"

卓越的心灵,
在高耸的山脉前放大幻觉。
自我怀疑的折磨中,
语言低声反思排列的必然性,
说:妹妹,ei——
嘟起嘴唇,上瓣与下瓣摩擦出 m。

用绛红的它们,来检验
打乱的智力,
旅行者处在违背常规的情景中
从属于这些风景。
他没有忘记往日地位,
那至高无上的——无限的风暴——
汇集在鼓起的胸腔,
他让人赞叹的头脑。

感到饿,也没什么——
正在梳理的神经
严控低级感官,
他极愿将需求无聊化、简化,
摆脱虚弱的,
细瓷模样的身体,
"但我爱这些欲望——"

吃下一块硬饼,
在山巅处,回想起一段爱情。
拱形门后的暗房里,波普式的姑娘
棕发被光照着,
淡香从舌头里递过来,甘菊一样的人
依恋着他。那欢乐后,
他离开她,
像摆脱虚拟的道德与伦理。

她是旅程的某个节点,
促使他远离人群。
啊,那令人生厌的社交与微笑、
灼灼生辉的词语,
组合成公式化的谈资。

愚蠢的人,像锡兵
踢踏着脚步,
包围没落的诗人语言。

他就着冷风吃完剩下的饼
——刀子般的风。
嶙峋异地,
种种不同于城市的温顺。
冷雨没完没了,
像含刺的手,挠着他的肋骨,
抓开外套,
将全部风景压往他的心。
完美、杰出的构造,使它能承受更多,
默默无言的救赎源于
终极死亡。可他活着。

"这些悲伤的风景——
多像那双眼睛。"

炭

眼前的她是这样懦弱,
弯曲成半圆形,
像微微闪烁的星星
散发出犹豫。

一个柔软的、跳动的
逐渐暗去的
光体。

你可曾触摸过?

她比秋天的山林
还要干燥。
晨光照耀她的脊背,
凸起的骨头刺着
这块皮肤。

细骨上有块凝滞的炭。

既不愿熄灭
也放弃了火。

她忍受着,
炭灰填进身体。

你可曾吻过
她的忍受?

迷失的雾

我坐在枝头
身后都是雾气。
怀里
有个冻僵的小丑。

这样窒息——
在白雾协同黑夜
构建的禁锢中,
在多次被推翻的自我中。

服从一种可能的期待
是否有价值?

像小丑咧开的嘴
被寒冰凝固。
他也曾等待我
辨认雾气后的景观,
寻找足够取暖的柴堆。

他等太久了。

足够灰心
足够死去。

话语的悦耳使他沉迷想象
也使我在这种想象里无能。
——一种危险的迷茫,
呈现痴呆。我和小丑。

沉默操控了这一切
和之前的、之后的。

而我擦去额头、鼻子和唇瓣。
临终的小丑
将他的笑与生活复制给了我。

小镇故事

这些人,体内住着一只动物,
秃鹫与水獭,
大白鹅,猪猡也在其中。
世上所有的动物都在此寄生。

他们长着它们的眼睛和鼻子,
嘴巴弯出尖钩,或者敦厚地伸出一个梯形。
在草垛里,妈妈的怀里
胡乱拱出怀疑的旋涡。

他们还像它们擅长的那样说话。
呜呜,嗷嗷,哼哼……
乱成一片。
我听懂了。我生下来就是为了倾听他们!

为此我多用心地活着啊,尽量慢点儿长出人形。
用一双焦如乌木的双手,
清扫着小镇的大街。

我手指间的碎屑落下来,沉入土地。
它们代替我也在听。

我终日在小镇上游荡,
听每一个努力挣破畜生皮囊的人倾诉,
他们的爱,
不比我少,也不比我多。
他们复杂的焦虑,如何仔细剥开
也无法完整复述。

我不担心这一点,我也会死在小镇。

未来世界

即使这里没有树,没有淤泥和河流,
前人和后人翻身上马扬长而去,
注意到此刻落地成影的光
微微升起,像迷雾
闪烁棘刺的痛点
阻挡前路,渺茫的未来。

即使没有任何人来过这儿,
绝壁之上停有秃鹫三两,
它们太虚弱,死尸很久不出现了。
滚烫的岩石始终在沸腾,
可以接受它们落到此地的命运
是自我熄灭吗?

假设以上都是风景中虚拟的另一维度,
此刻与之平行的地方
有树,有清澈的水
络绎不绝的游客骑马观花。

可怜的,秃鹫也只能是半死不活
被养在观鸟巢中,
供人,我们来指点、逗乐。

我们这些城市人,太过热爱豢养
飞禽走兽,奇花异草,
还有同类也是目标——
在这真空漂浮的树下、河上
建起一间间房子
养姑娘,养老爷、少年,
丑脸与没脸的人。
白日里喂上几顿
就大方得体地砍掉对方的脑壳,剥去神经
做个套绳挂在日益繁茂的大树上
吊人玩儿。——凶手!
别不承认!

黑暗的时光中,
谁能握住谁的手,求来怜悯与爱,
以及许久不见的信任?
让话语变成暖风,跟随坠落的树叶
伺机而动,

在摇晃的光线里飘向另一个地方。

一个意料之中的反向世界。

或者说，

不存在的未来。

画中人

他们落入迷宫。
走几步是城市中心,转身则是深山。
星辰、江河、密林
既是指引,也是迷惑。

夜枭抖落褐羽若干,
他们伏上一片无声地飞行。
他们不匆忙,
他们身后很黑。

他的气息随风而来,
她有些疑惑地颤动。
星星钉住眉梢,
她想起他们短暂的人生。

是什么领她在至暗处的溪流洗濯眼睛?
是什么领她满身潮湿地奔出
最后的居留地!

难道就要迎来一个伴侣?

一个锤炼中的鼻子会带来什么?

它很快得知这不是桩好事,
当鼻子嵌入它后,
沉重使它低落。主人不再爱护脸。
他只关注新器官的成长
是否顺利、和谐,以及自然。

第二步稳妥有序。
认识气味是个愉快的活儿,
鼻子很享受,
他便有了心动。
像棒槌敲打后脑,银豆子落在脸上。
他被忽略的脸——
悄悄崩出裂缝的脸?

他没有察觉这份诡异。
一盘蛋糕递到鼻子下方,
他深吸口气,
贪婪闻着

辨别樱桃与蓝莓的位置。

或许,到了增加一条
灵巧舌头的时刻了。

美好想象使他发笑,
他的脸抖动着,四分五裂,
掉下来
盖住蛋糕和气味。

童话

我曾居住在帽檐上,
你们看,我能折成任意形
适合各种人简朴的帽子。

我最后的主人是位妇女,
她常走在这条街上
像被野猫逗弄的毛线团
从东街滚到西街,唉,女人有浑圆的肚子。

她微开的嘴发出异香,我失了神
几个跳跃,滑进她身体里
看到嬉戏的鱼,冒泡的汽水。
水汽蒸腾让我沉迷。她有迷人的
活泼的胃。

她带着我们,不断壮大的集体
去过山岗,攀上树顶抓取一只初生的鸟儿。

有风

从她指尖滑过。

她停顿片刻,将鸟儿扔进肚子。

夜谈

"我来说吧。

他死了。在自家马桶上。

你们晓得风是什么声音吗?

他就是风,

夜夜在身体上拨弦,

而他不会说话。

他有一双装满呼啸声的眼睛。

我全看到了。听到了。

和你们在一起是被迫的选择。他死了。

只能这样。"

讲述人尖细的声音割碎了月光,

众人在泥地上摇摆。

一阵风过来,扶起晃眼的光影。

"不要同情这些风,

光也是无用的。我从来没有属于任何人。

可笑的你们,我是自由的

我也是风。我附在建筑物上,呈现黑暗与雨季,
每个见到我的人都可以得到风。
我是风暴。是他们无尽的哀愁。
为什么,你们感到伤心?我怀疑此刻的真实。
我还存在吗?"

他卷起来,变化出咆哮的鬼脸
又痴呆地笑出声。

"结束这次夜谈吧,我们像个笑话。
无尽的风正在进入城市上空,
明天所有人都会来到,
举起风车与礼帽
像小丑一样在公路上奔跑。
他们捕捉不到风,风在我们手里。
去告诉他们吧。"

人们漂浮起来,
他们为蠢货说个没完而震惊。
人们——风——扑向他
堵住他不断涌出的声音。
他们用树叶粘住他的鼻口

又从兜里掏出更多的风捆住他
四处延伸的手脚——

"我来帮帮你们",一个糟糕发型的中年人
握住他的尾巴像安静的风
无声无息吹过这一天。

现代的夜晚

幼狮与月亮,始作俑者的巨锤
高悬。行动中的时代,还有外行
持续向阿里奥斯托提问:"你
从哪里找到这么多故事?"

弦外之音在古代,伴随蠢笑,
剩下不明所以的沉默,
广场又上演一幕模仿的喜剧。
而我们所做的,不应仅仅是寻找与模仿。

我们热爱用枯燥的技艺来飞,
但也不仅仅是。我到过绝地之境,
与你偶遇,是交错的时间狭缝。
蓝海里有柔软的云。
我们舒展翅膀,坦诚献出遐思。
不快乐的人依靠幻想
走过夜晚,杰作呈献给
将自己置于危险的保护者。

他是否爱惜过你,路德维柯?

我是否与你同样感受到怜悯?

我们可曾快乐?

我天生温和,陪伴手边的花环

——流失却不寻找。遥不可及的永夜

抵挡好奇心的膨胀与溃败。我也碰过壁。

得知一位先知临世。她为自己与成年的儿子

蒙上黑布,他们的房子涂上黑油漆。

他们没有灯。

他们很富有,屋顶种满星星。

我向他们走去,揣着银灰色的声音。

你听,我会唱歌,

我也跳舞,

留下足够的气息捕捉黑。

如你认识到的,我没有得到什么。

他们在那里躺卧喝酒,

我愧疚荒废。

我们经历失望,

却从不迷失。路德维柯,回到这个夜晚,

我继续讲述梦的片段。

我进入过你的梦境。
你的后世学徒
脱去外衣,洁白的乳房打开,
静静的花也凋谢。那是被百人环绕的断墙下。
你和你的同代人看不到我,
你们高谈阔论,争先向保护者献上诗。

我端着现代的拿铁,喝上一口,
又偷取你们树上的果实吃个饱。那是炎热的夏季,
我竟犹如脚踩冰雪,时间凝结热气
转换成你我之间的空镜。
在反射与照映中,我停顿,研究整理术,
将你的梦折叠成圆形带回我的梦。

我丁零当啷乱响的金球。
我放弃的故事。我享用一顿过时的夜餐。
向新鲜的蔬菜沙拉学习
故事线,同意橘色河流贯穿午夜前的现实。

路德维柯,我们常沉到这条河下,
水草盘绕手腕,小机灵的游戏
也在群鱼簇拥下显得光亮智慧。
短暂地顺流而下,
所过之处皆为平庸。而河底清澈尖锐,
带齿的石子刮破我们的脚趾。

啊,那血色盛开的彼岸花。
谁在召唤?
在你之前有前人历经炼狱,
在我之后也有人面临永爱与聆听亡者的哭泣。
我们受尽世上存在与消失的众人。
每一次游动都是错误,
怎样去分辨静止与潜行的区别,
自由的踝裸露着。
缠绕的橘水,牵动脚趾的笨拙
逆流行进。

我们削短的头发与思维。
我们是异色的满月。
那上升的圆形象征回避不了的路途

在利刃中取得平静。
路德维柯,你感到心痛。
瞧我正为你流泪。

我们喜欢用泪水画三四朵
夜里的彼岸花。
画笔蘸取鲜红,眼眶摇晃,
摔落的颜色
侵蚀你我口中含混的朗读声。
卷曲的花瓣,分离——

你害怕什么?谁又在召唤?
是你的导师从书卷中跳出来检阅,
是我,并不十分肯定
旧纸上的诗行。你不是我的,
我也不是你的,我只是你一段路的同伴
却最终永别。
但你要多少犹疑的音符、
刺激性的乐感、明亮的夜色,
我一定给你。
摸摸我的小颤音,
在你耳边弹跳。

我的喉,有哀叹。
为逝去。

我们有一条不为人知的河流。
我们的夜,从未离开河流泛起的波光。

你与我编织出强壮的神经网
铺于水面上,
月光也爱这片神秘,
那凌空的保护者无法踏足。
路德维柯,我看到你
汇聚成水波,颠覆小船。

像我们的梦境引领
成型的图像、回转的文体。
是谁的手除去我们的杂音,
我们的隔阂,
我们河流里的秘密?
我畏惧揭示的时刻,
我害羞坦白。当源头涌来,
我们已经属于现代的夜晚。

第二辑

现代隐士外出记

隐居的人终于外出。

他穿着整齐,思维活跃。
严谨是好品质,
心事动摇在深处。
见人问好,遇事伸手,
逃窜的野猫白了三分,他也留意到。

难道和他一样,躲进密室
不分昼夜?还是说,
甘心被月光悄悄洗刷
——那蓝色的、大胆的光
从他瞳孔长驱直入,
凝成形状各异的晶体,刺他
蛊惑他。他喜欢疼。

他不喜欢昨日。
山色铁灰,群鸟涌来,

混乱地拍着翅膀
列队飞过他的窗口。
那队伍的每一次变形
都愈加扭曲,最后形成一支长矛
冲过低沉的云层,
到他看不见的地方去了。

他找出衣服,一件件穿上
衬衣扣封到尽头。
过时的裁剪,此刻十分稳妥,
贴着他端正的坐姿,
自然有趣。

这一夜,
没有月光,他早有预感。

花园

你看,我只听见短促鸟鸣如警报
声声响起,不也很好吗?
潮湿的地,生姜花覆盖,
我孩子说这遍地的粉花坚硬无赖。
他拾起一朵,扔到河里。

你傍晚来看我们却不露面,
跟我身后踩水
啪嗒乱响,我那么蠢,
每次回头只见地上积水晃动。

请留下气息,
你明明在这儿。
孩子抱住胳膊,
妈妈我冷,
"无穷的水汽从你脑后升起"。

我伸出手

什么也没有捉住,
这么多年,你仔细查看我的花园
屡屡失望。
那在棕榈下堆成起伏丘陵的
橘色果子正腐烂。
听听,
它们热衷模仿你轻微的斥责声。
缓慢,有力。

拿走这些——
我厌倦你了。

朋友

重复的信息唤醒我。
——也曾是个午后,
难以揣摩的光线笼罩前山。
亲爱的朋友,你睡在岩土上
从我恳切的语调里滑落。
这不难为情——
"在泥浆里捞取信任"
是每日必做的讨论,
选取一个恰当瓷器
存放多余的疑虑。
美好,适度,
我小心清理缠绕的纹路。

光打在你衬衣上——
平静的乔木林
依附山体而生,
这片葱郁之景

我还未找到方式向你提起。

怎样在一个线索里叙述
即将发生的事?
我的朋友,要重视失常行为。
尤其在夏季初始,
道路升腾,白夜来临,
我禁食、失眠,
运用克制的才能需谨慎
日常规律体现着残忍——

这虽是浪荡的时代,
我们都发现了优点。
我刚从你那儿得到建议,
难以否认 ——
在闯入者环绕的局面下
保持礼让,将是叙事发展的必要。
五月开始,
我被不断打开,肋骨凸起,
敲打下陷处有连绵回声——

那不断扬起的呼唤
让我感到吃力,
你想跳舞么,朋友——
为什么你在打拍子,
而我已经伸出了手?

——你送我只言片语
修补虚幻的骨架。
我在消瘦,朋友呀
只有山头的风声跟随我。

水从眼里流出来,早晨喝下去的
一日也不需要。
我还能说什么呢?
未完成的任务是
修葺一所失去坐标的房子。
它位于山顶某处,
我正向那里去。
沿途风光枯燥,不值一提,
我愿对你描述的
唯有出发前仓促的准备。

这一天安宁。
我带上了斧头,
找到房子前,我要砍下一棵松树
——它属于你。

我很伤心,亲爱的朋友
我也属于你。

同行

我打开一个人的传记,找到他,
记者的文字掩埋了他的轮廓、爱,
他的失信与夜晚。
我在冬季找到他,在沉闷的书里
对他说:跟我走。

他已经有了重负,
少时轻快的语言不见了。
我推开那些繁复的修辞,
他嘴中一个缠绕一个的旋涡,跳进去。

我在这虚幻的时刻里,
吃着他遗忘的、简单的、年轻时的话语。
对他说:跟我走。

他从虚构的第三章站出来,
他不为人知的爱人
躺在遥远的热带的河里,鳄鱼的嘴里。

他是否为她写过一个字?还是隐晦描述过丛林与雨季?

涌动的时刻,
止于他们最擅长运用的词汇。
如果这是爱。
请告诉我,为什么他们能够忍受漫长的分别?
在她死之前。
在他死之前。

季节更替之时,
他们可能有过短暂的重逢。
她对他说出暗藏喉间的话:
跟我走。

我重复这三个字,
苦涩的声调相悖于扉页上他甜蜜的嘴唇。
正如传记所遗漏的,
他没有留意到她暗淡的发音,他正像失控的水汽
上升、变化,
变成云朵、雨、暴风雪。

世人所知的一生。

我合上书，
将他从这无尽循环的夜空里扯下来。

星星。
那里全是她的眼睛。

不被驯服的

昨夜散步的小路上
落着瘦弱的黄叶。

七月,植物阴沉失控
不断伸张的枝干暴露于
无常天气中。我的邻居
热衷研究旅行线路,
她送给我一本地图册,
彩笔绘出多条通向陌生地的线路。

过去我说:我喜欢北边,
我讨厌潮湿,空气里都是酸味,
在南方我变得虚弱——
适宜得体?
可我喜欢狒狒的样子,
它们跳进水里
欺骗游客,毫无顾忌地嘲弄
我们自以为是的爱意。

我认为我爱过狒狒、河马、长颈鹿,
这些困在动物园的被豢养者们
走近围栏的边缘,
等待我投食。我喂河马番薯、长颈鹿枝条,
狒狒什么都吃。我爱金鱼,
它们在池子里跳跃,
活泼又适可而止。

多么相似!我模仿动物们的行为,
模仿自己:像沙滩,坦然接受海浪。

我不喜欢海。
在海边,
真相难以分辨,夜晚的小岛
像是天上降下的白云。
是的,白色。

而我踏进海水却暗淡如夜。
我不在乎被隐藏,
即使这无边的夜晚
某种程度上失去了节制。

你呢?

时间的真相

有些问题折磨她,
前一秒和后一秒的女人
是否都是她?
或者已被替换一万次。
没有答案的向内询问,
使她不在意自己。

爱与被爱,
年轻的身体逐渐衰老,
哪一样实在地属于她?
她为此难过,
又庆幸。那么,哪一个
是此刻的她?

刚下过暴雨,
她在观察仙人掌。
这是一盆被忽略的植物,
杂草和焦黄的刺,

在阳台上无人注意。
她总是有心事,
无暇顾及心灵之外。

她不爱绿色,
不爱风景,任何一片
湖水边的静谧树林
都是一样的。
每个偶遇的智者,
都和她一样怀疑、遗忘
上一刻。

她抓住那盆
正被重视的仙人掌,
将死的枯刺
扎进虚构的时间。
她的手微微蜷缩,
像蝴蝶之翼,轻快扇动。

女孩们与她

那些打算对你说的话
在这个女人的小腹里沤烂,
她隔着肚皮用手指与
这些话做过交流,试图和解
字与字之间的矛盾,
这一刻与下一刻的不同。

她安排好字的秩序,
整队,出发。

她张开嘴唇,深深叹出一口气。
连绵不绝的气息
从她心里挖出
一个正在叹气的女孩。
一个正在吐出另一个女孩的人。

她们从她的心里走出来,不断

生出更多的女孩。女孩们站成一排。

一排叹气的
长发女孩。

她们蹲下来,躺下来,
抚摸她的肚皮,用手敲击她组建好的字词队伍
打散已有的秩序。
她们无赖地对着她喘气,
胡言乱语。

她们弄砸了这一切。
她们让她变成了口吃的傻瓜。
听,她艰难地想吐出几个
尚能保持完整的字。她说:"我——"

"我"需要什么?"我"会怎样?
"我"正急切地等待与你说话。
这个"我",在她口中持续了
相当长的发音,
以至于再没有第二个音出现。

她们无事可做了,又跳回她的嘴里。

我没有回去,

我留在她身边,擦她的眼泪。

后山

他在水池边,
用唇舌向我宣告
旧生活将结束。
他的牙齿发出咯咯声,
忽快忽慢,我随之摇晃。

"为什么怀疑呢,风停了,
暴雨还没来——"

木棉屑到处落,
季节的转换充满煽动性。
我的裙子过短又消极,
我的头发,
像他画出的线条
无限延长,滑落——
而他向后山走去。

他缺乏经验,不了解南方地形,
这座安静的小山
是精巧迷宫,
迷途者供养此地的繁茂。
我也曾亲自上山寻人,
阴影替代脚步声
始终尾随,默许我胡乱拨开
一丛接一丛的密林。

当时,我失去判断,
层层深入中兴奋的快感
打乱了仅存的条理。
我伏在一棵死掉的树上
低声哭泣,
双腿蠢蠢欲动,
渴望走向突然出现的
又一条小径。

我爱着那日必死的想法,
像贪恋他远去的气息。
才能有什么价值呢?

他快要消失了,
我仍在选择更有效的方式
卷起持续生长、分裂的头发。

这片升起的黑云,
永无穷尽。

秘密

经验影响这一晚,
我们睡在记忆片段里
重复年轻时的行为。

"——从屋后整齐的园子
走入另一片未知的树林",
用不确定的才智
规划草图,
被彼此眼中游动的鱼
打动——

初次谈话时
我在窗户后看你,
斑斓的鱼群,划破空气
游过来,
比我们的语气更活泼,甜蜜
滑落我口中,
又进入你。

我们很会观察
它们的动向,
采取了配合。
这群傲慢的鱼,自以为安全
愉快地用光全部力气,
死在地上。

"鱼群看不见我们,相隔几千里地,
草木枯萎了几次——"

我让我的嘴唇
变得安静,
犹豫,使我们失去太多能力
——你想起了什么?

摸摸你的心,
我将时间藏在那儿——

诗人

我们走了几条街,一无所获。
消防水管冲洗过的地面
是已发生事件的镜像。

前天我们从南方,到达边陲之地
看一位朋友。
他把智识藏进土坑,
与不识字的人作伴。
过去的三个季节,
我们收到他两封简短来信。
"吃吧,喝吧,
我们能养活的牛羊不多了——"

他是好运过度的年轻人,
出生在城市,
强大的胃口,让他长成巨人模样。
金杖向他伸出,

高等教育使他

理当是一个实用的人,

"生活细节的精确性,

常激起鳄鱼般的残忍——"

可他有朴素的爱好,

在香烟盒、书上,写下纯洁的诗句。

他与我们彻夜讨论,

"隐蔽的技艺,恢复得局促。

目前,仍是什么也找不到——"

谈到深夜,

四周景色变得

模糊又清晰,我们坐上他的肩头

出城看溪水环绕的乡下。

"年内或许会实现",

他从冰冷的水里,抓出几条黑鱼

放在火上翻烤。

我们吞着这些鱼,毫不在意

鱼刺刮破了喉咙,

"需要说出的句子,
早被消化在曲折肠道——"
他对我们,
两个终年失语的人
十分爱恋,
但这晚剩下的时间里
他没有再说话。

"微妙的瞬间之后,
——晨光来了。"
我们在湍急的水声中,
醒来。
水面被光线净化,
诱人失神。
他早不知去向——

"你们应该来这里,治疗失语症。
我已经有了变化,
认为城市更安全只是个幻觉——"

我们迟迟未动身,

直到他断绝联系几个月后,
才来到这座
黄沙扑面的城,
遍寻每日洗去痕迹的大街。

垂死者到处都是,
哪个也不是他。

捕猎

她吃了许多小动物,
可怜的,
惹人动情的,温顺的——

多美好呀,
一天天去除勇气
被驯服,
做一个得体无害的服务者。

假如白日永无止尽,
幻象,定时注入体内。
她,
成为"她"。

"你从来不属于他们——"
梦里的人,却如期到来,
在她耳边训斥,
纠正食物的种类。

他带来数不清的野兽,
将她吊在花园里,
随星辰的闪烁摇动。

——寂静。
她变成一只兔子,
蹬直双腿,
呈送到野兽嘴边。
那个人微笑,
像是猜到她会落败。

第二日,她在新月升起前
拆掉屋顶。
他没有来。
她睡不着。

她跑进丛林,像小兽
在捕猎,
一去不返。

"她"失去了她。

谎言录

经过虚有其表的桉树林
我们到达水库,
一个偷游者穿好脚蹼跃入夕光。
他搅动了整个湖,
震耳的拍水声让我们忘记来此的目的。

我们静坐岸边,看他从东向西
一路潜行。几只野鸭浮在细细金纹上,
落日正是热烈。
它们,他,我们像火一样燃烧。

我们知道活着是严格的功课,
却不懂怎样描述被割裂的傍晚;
我们知道追踪它分散的去向,
但失去嗅觉。

夜晚终归要来到,我们携带满身的灰,
小声谈论那个偷游者。

他不在水里,也不在岸上,
他在堕落的星光上示意我们回去。

可我们,当然不理睬他。
通过这里,
自有另一段令人痴迷的时光。
我笃定地对你说。

消极也有意义

很多人躲在阴凉处,
外国友人们和我。
她们裸露的胸口挤过来,
像是我不存在。

我低头啃雪糕,
以消极的冰凉来冷却
燥热。我为什么来这儿?
寸草不生的宫殿。

刚进来我有片刻的畏缩,
很快调换到一种诡秘的情绪,
仿佛天生反骨,按捺不住。
这群金发棕发的姑娘们

来得及时,鲜艳的短裙
和乳香,提醒我做好一名游客。
我也穿着超短裙,

坐在她们中间。

肥硕的阴影中,壮阔计划消失殆尽,
我仅仅是后退的,
本能想着爱,
我感到灰心。我什么也没有。

作为缺乏特点的群众一员,
有必要学习妥善融入众生。
粤语长片里的戏码,
入世有些难度。何况,

我虽弹过几年不成器的琴
却从未开口唱过歌,婉转歌咏
一咏再咏,
于我就是个登天的事。

完美夏季的周末,
我取下喑哑的声带,揣进怀中。
无论是游客还是女歌手,
在体感45度的暴晒中

声音都是无效的,眼泪和汗水
都是咸的。
撑起遮阳伞,继续参观皇帝、太后的寝宫,
大门紧锁,这又何妨?

从外面看看灰尘也是美事,
想象力不用,倒显得无情无义。
可我的确晒得不轻,
又吃了一块冰砖。

家国大事和悸动的心
皆冻在眼里。

云上自省

1
灰云拢住光,
异世界的柔软向四方铺展,
接近振开的机翼;云层起伏,
块垒之间有谁撒下的花籽?

有谁在云下沉思?
培育新生之花是个难事,
即使夺取雨水,也缺东风。

我们还拥有少量的光。
今天,穿过空中门
便是在回忆了。

2
一条昏黄长路修筑于天,
水泥暗淡,你焦急的脸
像时间飞逝,像云絮乍现。

光芒点点裹住我:我在读一本小说。

我背负它走进人群,
走进蜷缩的空间,而无穷的内向外扩展。

没有尽头,没有方法论,有时我们在一个世界
有时我们在另一个世界。更多的可能是:
云雾中的这一个。

如果想象从未清晰,云中有仙人指引,
如果我们的头发都被天空染蓝,
不再需要文明之色禁锢惶惑的唇。

3
言语是考验。
像气流引起颠簸,像跳进空乘送来的苹果汁,
淡绿色液体,淹没我。

苦涩有低沉的声音。
听,长长的云语,
落在我们弯曲的膝盖上,
那里有小小欢乐被制止。

我急切分析这种渴望,
仿佛在云中望见第二个我。

暴风雪

我开始担心晚年生活。
朋友,邻居们
——哪儿来的这么多认识我的人,
而我,丢失多少面孔中的笑意——

生活,永恒的手艺活儿,
教导我:忍耐是完美必备的工具。

可我讨厌这些规矩,闭嘴吧
亲爱的爸爸,
老头儿,
我没有死,别把我关起来。

摸摸我的手
全是冰冷的骨头。
它们有硬度,有方向,
它们在皮肤里肆意生长
长出刺来,

到我的心口、喉咙，我埋在心里的
你看不见的时刻。

爸爸，你背我在暴风雪里走过
许多个冬天，
我藏在你的声音里，
那儿很暖，
仿佛握在手里的火炉。

我现在丢了它。
你看我，学会了失去表情的生活。

前些天傍晚，我从无人高架上疾驰而过
像是小时候追在你身后，
老头儿你扔了一颗糖进我嘴里又抢走了。
这甜，
在我舌头上住了好些年，
没有人愿意吻我。

吻我吧，爸爸，
让我走得远远的，
到哪儿去不重要，

不妨告诉你我有许多个念头，
去海里，去人间之外，
只求别让我一个人
生活在这颗融化的糖里。

它稀释我，
解释了我体内的苦涩源头
正来自若干个被遗忘的地方。
我忘记自个儿是你女儿，
带着你的眼睛来，
从盛夏踏入这辆汽车
在高架上疾驰进入寒冬。

你喂我吃过雪爸爸，我爱你手里凝固的雪
冷漠而没有滋味。
瞧瞧我冻伤的舌头，
比你种下的林子更寂寞。
你一生都在种树
而我走出了你的树林，看到其他的。
爸爸，我离开了你。

我咽下整个冬季

什么也留不下。雾气,风的呼吸
穿过我手指毫不眷念。
别埋怨,
我正在努力打着火儿,
从空无一人的高架上下来
坠入这茫茫的雪地,像个雪人
住进永恒,丧失勇气。

爸爸,请把你女儿从沉重的白色里
捞出去。趁我还年轻,
头发乌黑、牙齿坚固,
心像我们遇见过的每一场暴风雪——
热烈,无惧;
像一个完整的活人来不及失去爱
与时光。

消失的气味

姨妈家的女儿
散发出草莓的甜腻味,
坐在一群亲戚中。
他们有青橄榄的艰涩香气,
柠檬味,苦味。
碧浪牌皂粉
填进某个人收紧的腹中,
他们捶这位兄弟,
便有无数的彩色气泡
飞到天上

在灼热的光线里裂开,
坠落,洗净一张张激动的脸。
时值炎暑,
郊区失去热闹,
没人愿意来,只有这群年轻人
——以家族聚会的名义。
他们是一个庞大的

隐秘的集体。

"每个人都有不同
而显著的气味",只有自己人
才能闻出来。不属于他们的
人,小狗,植物
永远察觉不出空气中
流动的异样
来自什么——

他们身份复杂,
有些缺少过去,有些今天就要结束。
还有这片稀薄的树林
尾随而来的松鼠,
燕雀低低飞着。
他们与它们
轻易辨识出了彼此,
与众不同。

姨妈家的女儿,是聚会上的新人,
她始终沉默,
脸上、裙子上到处是水渍,

像一个被雨水打湿的大草莓
在等待采摘。

什么也没有发生。
她离开人群,
树林边有一片水塘,
在烈日下,出现星空般的光芒。
那动荡的水面,
不断向上涌起。
她跳了进去。

战斗

一个偶然的原因,
我决定放下手中忙乱的事务
——刚开头的写作思路、泡在盆里的衣服,
火上炖的牛肉有点烂
满地碎纸片要拾起来,
我的桌子浸在水里。

更严重的是
我的所有孩子,占领了这张桌子,
他们用上膛的水弹枪向四周扫射。
望远镜挂在每个小胸脯上,
防风镜遮住了我熟悉的眼神,
他们,站成一排
正式宣布,要将我处死。

我在流血,
不知道为什么会这样。
水弹落在我身体上,砸出

密集的窟窿。我感觉不到疼。
这些正在发生的事
都不重要,
我越来越冷,
躯干变得模糊。

有一会儿,我飘到天花板上
试图躲避孩子们的射击。
你要理解,逃避的举动并非自私,
我不害怕死,
也不想破坏他们的战斗,
可我有一件很迫切的事要办。

午饭那会儿,
我在翻阅一位机警的成功学家
已出版的笔记。
它们按时间排列,
起初谈到文学、友情、爱,
第二年这三个主题少了
骇人的标题迎合着潮流,
内容被怪兽、性、药品等
你可想而知的致幻剂控制。

第三年,
我实在不想提起它——

小姐,你还年轻
或许难以明白我在此时
看见的一团试图跃出纸面的黑雾,
对我造成的打击。
它有恶臭,像张开欲望之口的毒龙。

——得毁了这本书,
在我彻底不见了之前。
在我生下
我的孩子们之前。
在过去还不存在的时候。

急流

内环出来,
货车在不起眼的小街上塞住了。
附近有几间汽配店、
一个破落的私营加油站,
平常很少引起
过路司机们的注意。

他们坐在车上,望着前方,
一直是这样,
眼前可见的事物他们厌倦。
家乡连绵的山脉
从不离开它的位置,
"这片大陆出现时,我们就拥有它。"
爷爷只身入山,
与松涛合成一体。
摇惑的黑暗,他们呜呜叫着
蹦起来。

——河水流势很急,
这是头不好惹的野兽。
有一年泛滥季节,
爷爷领他们走过荒野,
湍流改变路的方向,
他们捂起嘴唇
阻挡严峻的恨意。
来时的路,被冲刷得失去痕迹,
没有荣光环绕的泥泞,
让他们差点儿窒息。

成年后,他们却特意
顺着水声指引,
离开这片焦黄的大陆
到达一个遥远、湿热的国家。
每天都会下雨,今天也不例外。
他们车开得很小心,
流一身汗才越过三条车道
进入油站。

哥哥用当地话
招呼正在摆弄加油枪的工人,

可是那人,
望着他们像望一座静止的山。
二十分钟后,
还是没有加油枪递过来。

他们打开车窗,熄掉火
耐心等候,
暴雨携带雷霆冲进来了。

树

山腰这块平地,没有一片浓荫。
两个青年在决斗,
光线的猛烈使他们失去
特征——显著的气味——卷曲的乱发
或者早晨吞下去的,女人
曼妙的叹息(同一个女人)。

青年们的脸,像六边形在转圈,
交缠的手臂变得脆响,
他们一节一节拆掉
对手的硬骨头,
放到太阳下暴晒。
浓烟,
漂浮起来。

最后的力气
让他们同时倒在了地上,
这片矮小的丛林,

荆刺在起舞。

他们睡了很久都没有醒来，
光秃秃地长在地里，
被赤色的鸟儿啄着。
像两棵平静的大树。

光的轨迹

屋内旋转的光,
标记出短暂、虚无的片刻。
像漂浮的水面,晃动——
诱导疲倦的人步入误区,
将此推诿给晴朗的一天。
朋友们,
你们快要远行。

微妙的光,
落着鳞片,敲打夕阳里低垂的言辞。
我们坐了一天,
口袋装满这些坠落的薄片,
轻盈,发颤,
又不乏蛊惑力——无形之物最大的
才能——

我失去心神。
灼热的光——

山路上有过一次这样的经历,
那是夏季午后我奔跑着穿过松林,
风聚集在体内,太多的风
清洗着我
我变得透明,从山顶飘进山下的村庄。
"仿佛是光来过。"

今天,
光捆绑住你们和我
向上推去,
身陷困境的我们,齐心
遗忘了这件事。
——我们喝酒、吃鱼。
——我们收集叮当作响的光。

等到天黑了,我才攥紧拳头
滑下天花板
与你们告别,
带着被光片割破的身体
走到大街上,
像一支快要熄灭的蜡烛。

感谢麦斯特同志

这桩悲剧来得突然,
多人看到他在楼顶徘徊,
几个月来,从不间断。
他烟不离身,两个烟斗轮换使用,
烟雾中有夜星的明亮,
那缠绕向上之路
弥漫开来,在他鼻中摇摇欲坠。

可他不是哲学家,
也不是诗人,
生有商贩之心,委身于鸵鸟之道。
环绕本城的麦斯特连锁店
由他一手打造,
兴旺成林——
每座大厦的一楼转角处
必然会看到
硕大的——"S"——
红底白字的招牌,像是本城

独一无二的装饰。

麦斯特同志从未想过将生意
拓展到邻市,
他执着于本地,
嘘,又有谁敢叛离?
——无数狭长晦暗的街市,
市民们沉浸于集体欢乐,大胆用情绪
主导日夜更替的速度。
这个春天里,
最短的白天即发生了那件事。

据麦斯特同志的厨娘说,
她从菜场刚回到家一会儿,天就黑了
当时是上午十点,
"我早已预感到黑夜会瞬间降临,
从上一晚,我就哭哭啼啼无法安睡。
这把年纪了哟,
心和眼睛全被放在冰河之中打湿了。"
她面对群体的询问,
冷静自制,又适时放入一些眼泪。
"可怜的主人,他再也回不来了。"

上周,接受市电视台采访时,
吞云吐雾的麦斯特同志又一次倾诉着
淳朴乡情,
没有谁敢批驳他情感游离,
他将去年全部收入的五分之四
再次捐给本市福利院。
作为勤劳的单身汉,
他无暇寻欢作乐,也不愿
将业余时间交付给某个"难以捉摸"的女性。
与其说他厌恶女性,不如说他畏惧
让他匪夷所思的、复杂的——母亲——
长袜以及乳头。
面对这些强悍之物,他无法想象
自己有本领做到进退自如。

少年时期的麦斯特同志
便有些与众不同,
他消瘦不安,游离于学校边缘
从不参与大课间的"沸点"仪式
(本市户籍人口特有的
一种暗地行为,
他们光明正大操纵着日夜流转,

由各级机构分派下去,收集今日的主流情绪
点燃市府广场中央的"黑暗隧道"。)
早些年他们偷偷实施这件事,
登上权威杂志后,本市跃为旅游胜地。
麦斯特同志成长在这个过程中,
顺势开下麦斯特连锁店。

"他没有参加过仪式!"
麦斯特同志唯一的爱情,结束于女友的指控。
为此,他在迅速扩张的零售事业中
被迫来到派出所接受了三天三夜的询问,
那是一个极昼,一个极夜
一个均分的二十四小时。
他能坦白的只有一点,
他缺乏能力,无从"点燃"。

不幸的麦斯特同志险些被驱逐出城,
他尚在的父母颜面全失,
自此隐居家中。激进的女友,
登报与他划清关系。
"她有一颗果断的心,
太蠢。"

麦斯特同志曾有写日记的习惯,
这是结束句。

最后见到麦斯特同志的是
打扫广场的清洁工,他说:
"他向我走来,抽着烟斗,
你们都见过的那只,
他走过我,说——
晚上好,或者是早上好、中午好,
无忧无虑的你,今天快乐!"

清洁工回忆起麦斯特同志
远去的脚步声,
紧张得低下头:"他没有一分的犹豫,
他像他所提到的快乐,
活蹦乱跳,
经过我,走出了这个城市。"

失控的小说家

枝上鸟儿焦躁拍起翅膀,
木棉坠落,像野火烧着了
过去的人永不回来,
年轻时只看到明日,
将惊人的伤害当作昙花
绘于黑夜中,也可以说
当事人把记忆理解成了
被胡乱剪辑后的电影:

一部拼凑的默片,
一片想要看到的风景带,
一些人
适可而止的裸露。
从这个意义上说,
当事人变得有效起来。

他感到热和冷,他在某一刻来到白马雪山,
中巴停在垭口,

男人们都下去铲雪了,
藏族女人拉着他去远处小解,
白雪皑皑,
他的腿像是种在这山上。为什么来到此地?
穿上女人的衣服,
柔软说起方言。他是一个说谎者,
喊身旁老妇阿妈,
"白玛拉姆哎,
风雪越来越大,天亮前不能到德钦了。"
他说,是的。沉重的披肩盖住雪片
和伸出的手。

他在房间里,
叙述这段记忆中的"往事"。
手平放在腿上,粗大有力,是你的三倍,
他熟练虚构了一个又一个
如假包换的时刻,
初出茅庐的你难道不感到害怕?
笔记簿上寥寥几行,
这位病人着实难以记录。
他向你伸出手,你好。

你问他,张老师,今天见过谁?
他想起似乎来过鱼贩与快递员,
一条鳊鱼,一盒商品,
它们现在不见了。
他很爱吃鱼和钓鱼,对你描述过
夏季森林深处,
鱼儿多得聚集在明亮的水湾
等待他来钓起它们。"我从不让鱼儿失望,
天生就是个好手。"
他说起这件喜欢的事简直停不下来,
从准备鱼钩鱼饵的细节一一讲起,
像是亲身经历过那样喜悦。

遗憾的是,
张老师如今困在房子里——
他提到的夏季只能向过去推后
十来年——
作为严谨的虚构者
他从不疏忽这一事实。
有时你会怀疑他
是无法写作的小说家。
毫无疑问,张老师是个文盲,

尽管他有惊人的叙述才能。

你们陷入宁静的片刻
用习以为常的平淡来面对
快要结束的谈话。

"我昨夜见过一团黑雾。
她受了伤,是妈妈,
妈妈是我的模样,我们在镜子里。
那模糊不清的人
脑袋剩下一半,从裂口小心望过去
精致构造的脑内
挂着芽菜与血珠。
我和妈妈不爱吃芽菜,更不会在头中
埋下菜籽。"

他望着你,
痛苦而小心。

"妈妈什么都有,除了植物
但是她喜欢绿色。流淌的绿色。
她有无止境的房间,

还有我。妈妈绿色的身体,
在白色床单上,像溶解的一块冰
随时会滴落下来,消失掉……
妈妈原谅了我!"

你请他坐下,
他却更用力喊叫着,
像伤心的蝙蝠
迷了路,横冲乱撞。

冷雾

公路延续冷雾的蹊跷。
这个瘦子蹲在江边好些天,
由远及近,下到水里
像是科研员观摩江水回收地。

可谁知道真相呢?
他是在寻思偷条船。
到手后他会经过长江向南方。

渔船铺开几十里占领江面。
紧密相连的船头指向
细微差别的角度。
他胡乱做选择,接受自以为是的指引。

寒冷的一月,
窸窣的冰沙流淌船底,
旧铁皮被摩擦出几声惊鸣,
"屋后黑鸦,怎么找到我了——"

他胸膛急升一阵烈焰,
突兀跃出的力
使掌舵的右手失去控制。

长江不受此困扰,
迟缓的水,稳定推动犹疑的船,
冷水泼上甲板。他还有只坏了的手
垂在腰间,既抬不高
也沉不下去。

他就是个我们认识的傻子。
满脸雀斑,
见到谁都喊:"啊——啊——"
倒是有双好眼睛,成天半闭着,
睫毛铺盖在上面
仿佛看不见什么实在的东西。

此刻他伏在甲板上,用那只完好的手
扇动风,去他将要去的地方。

鉴赏家

我向来服从某种不平静。
枯树林里寂寥的鸟巢
比出门遇见的黑暗
更涌动着波澜。

上一年的冬天
我学习得很好,外界滚动的影像
平行于窗外,
从不让我生出反抗之心。

我很少出门了。
我在收藏一些东西,
它们与我有公开的白昼的交流,
没有人能听见那些兴旺奇异的声音。

它们不含糊,也不哑声
甚至放大嗓门冲我嚷嚷:
"快来!

新兴的集市上有你要的!"

我很穷啊,客人,
从碗柜拿只梨,还没咽下第一口
就挨了打。
架上的小瓷人太厉害了。
它骨骼清脆,
绵延的长音从小胸脯传出。
它在跑音的降 A 调中
打掉我的梨,扇了我的脸。

可我珍惜它
难得的美。

光滑又幼弱的瓷,
高高在上的瓷,
我服从诚实的严厉。
我接受排队管控我的"藏品",
它们制定八卷规章让我每日默念背诵。

这有何难?
我背给您听听。

从没有第二人来到这间
属于"藏品"的房子。
您好,
珍贵的客人。

您拇指捏起的朽木是本馆
最受尊重的前辈。
它少一点碎屑,
我不能活了。
顶棚的陨石全会砸向我疏忽的嘴。

我被精细缝过的唇线
上扬到耳骨。
我笑起来毫不特殊,
玩火球的小丑每个马戏团都有。

啊,我知道您来的那个地方
与这里隔着几块湿地,
芦苇被穿胶鞋的苦工们割完了。
我也想跳入泥泞地,抱一堆芦苇
竖在空地上。
我不能。

我接受不了下陷与搭积木的沉迷。

还能看到迟飞的鹭吗?
它们低沉的翅膀——
您看,这里也有一只,挂在墙上。
我常摩挲它僵硬的躯体,
怀想初次见到它的时刻。

我也爱鲜活的人体。
死去的,
无法进行有效交流。
这是我们
与它们的不同,
死去就什么都不是了。

客人,您身后的大鼎,
正使用千变万化的语言
教我使用合理的空气与水。

您还能听见我吗?
我有些焦虑。

怜悯

灯光在玻璃上汇聚,
窗外,树枝顺从地停止抖动。
一个女孩躲在口罩里哭,
为什么如此伤心?
为什么我看见她身体微颤而不怜悯?

人们经过她像经过一堆散乱的雪,
不做任何停留。他们踩着她的泪水前行,
仿佛踏上意外的快乐,
他们的耳朵冻住了,他们的嘴巴张开
闭上,他们踩着雪走进闹市。

女孩蹲下来
缩成小小的阴影,
继续哭吧,像一棵经受不住冬天的树。
园林工人忘记为它刷上白色的漆
在昏暗的街上接受寒夜,
服从神秘赐予的这个片段。

为什么不臣服呢?

去聆听安静,
去了解雪的本质,
比时间从容比言辞辽远,
比我的注视紧迫。

然而,我终于感到悲哀,
她的眼泪扎进我的眼中
凝结成薄冰,
我从不被干扰的心智
变得闪烁不定。

我跑到街上,
跑进她暗淡的身体,模仿她打起哆嗦。
究竟是什么,让我这样难过?

当他醒来

他有勇士的气概。
手在荆棘丛中常玩耍。此刻,
拳头像个核桃翻滚于我手心,
——没有裂缝的青涩新果。
仿佛是一只刺猬,
活泼而害羞,
尖刺被不成熟的猎人用刀削了,
圆滚滚,带着砂纸打磨过的痕迹——
天真且莽撞,
逃脱到我的手。

他咽下热巧,谈起前天
我们看过的一些画,
"他们比我画得还好!"
疯狂的才能使他惊讶,
奔涌的逆流,
钻入他潜意识里,
弃绝被修饰的世界——

他毫不犹豫的线条,
像急行的列车碾压我的手指、
手腕和言语。

我们走进公园,
两个半圆正从远处的树林跃出
在纷落的雪中靠近
冷却成蓝色的圆,淡漠的光辉
指引脚步的方向。
他无所适从,
"握紧我的手,妈妈。"

我带他往积雪深处去,
我们的鞋湿透了,像是在一个战前的夜晚
不动声色地毁掉最后的舒适。

应付艰难之道

只有处境更坏才理解
过去的重要。
比如一天比一天暖和,
人们惦记寒冬的冷峻
使风诚恳,枯树沉默。

我更加慎重时,
也会怀疑如今的严肃
是否不够开放、违背人性。
做一个永远用弹弓打月亮的人,
显然纯朴有趣。

在外跑了两天后,我回到妈妈楼下,
目睹一片未被人走过的积雪
正袒露它的胸怀与务实。
我讨厌这白。它虚假、不堪。

它白,它冷静,

如同冰箱的严密令人不安,
彻骨的冷来自哪里?

七岁时,我用一把刀划开冰箱门,
取出长长的吸铁石,柔软、光滑
如同狡猾黑鱼般的吸铁石。
我将它们变为玩具
送给眼含渴望而不愿破坏的伙伴。
他们怕疼,怕被揍得叫唤,
用手呵护着自己在冷里萎缩。

我什么都不要他们的,
麻木不值得指责,
我也将变成不动声色的人。
像今夜在路灯下,
我凝视会儿积雪,就坦然走开了。

总会消融的。
这些,那些。

新来的旅客

她从哪儿来,无人关心。

走进公园对面的旅馆,
她开始做重置工作,
洁净如新是要点。

反复清洗双手,制止它们
琐碎的话语。手心两张圆唇,
一个个音节从那儿跃出
消耗她的听力和原则。

她迫切需要干燥的手。
在风里收起乱发、褶皱、眼神;
在下午收起一个夜晚,一条长街;
在虚脱中,聚集残存的言辞。

行动的必要性
她从不怀疑。

独自处理混沌的紫
与其他美,断绝关联。

她练习了一整天。
每块骨头都活泼地跳动,配合她
缜密的安排。
但她逐渐失去控制。

工人们发现这个憔悴的人时,
她在街上抱着海棠树睡着了。

腐烂的果子
在脚边。

物化

吊诡之事天天有。
以前我总看到
诗行中奇美暗含,多少传奇涌动。

比方说:
你挽着烈日走进我的眼睛,
灼伤了夏季漫长的黎明。
或者:
你厌弃昨天,
你也怀疑我。

我活在绿色水雾中。
接纳物质的转换
又不为所动。
我也成为水,成为可以被塑形的任何。

落在地里,
便成为泥土。

在正午的注视中,恳求俯视的太阳
让我在稻谷里再活一次。
轻浮使人沉醉。过得快乐

难道是罪?
可我总被阴暗之事困扰,
常在夜里辗转反侧。
物的不确定性
正是横在胸口的死火山。

立秋过后,天气依然炎热
庆幸躲到淮水是明智之举。
居安而升起旗帜一面,
自我物化是人们求生之道。

博尔赫斯若在世,也要将此等软弱之事
添入书中。

肉

在一块肉的中间醒来,
是可怕的。她向左推,
向右击打,绵软的反弹
近似于虚无。

昨天,她还在焦虑心头爱的消失。
这位女性无法信任此刻的现实——她只是活在
一个端正的松软的方形里做了长梦。

犹如横卧在一首凝固无力的长诗中。
被滴落的油脂
埋进词语里。

短暂的失明后,她劝说自己
接受失意的诗句,
像狄俄尼索斯在海上
淡淡接受第一个情人。

狂欢的心态是没了,
粉色的花,开遍全身。
她喝下一杯又一杯
从上方渗透而入的酒水
也可能是调料汁。

一饮而尽不过是
跨越自身的瞬间。

她找回手脚,在这块肉里游泳。
脂肪裹住她的皮肤,
酱油糖灌进七窍,
她想流泪,便在肉的横纹里哭了。

于是食客们尝到微苦的肉。
颇具特色,不是吗?

那颗星

不分昼夜地工作
我有些恍惚,
望见一颗星星照我,
便随它走下去了。
经过山边,萤火虫围过来
闪闪烁烁劝说着,
附住我的额
和耳垂,
弯曲的脖子里
也有晶莹。
山的深处,愈发黑了,
野兽伺机而动,
我被一种怪力牵制住
停在巨树的窟窿里
小声呼救。
期待巡山人
发现这里有异。
黑暗中,

各种舌头伸过来
舔我的脸颊,含混威胁着
嗷嗷叫着,它们不提要求,
它们捏我最疼的地方。
它们一口一口吃下
我身上的黑,
嚼碎,又吐出来。
我疼啊。
看,那颗星,
毫不介意地上的事
自顾向更高处移动,
跃过其他星,
其他云,
其他不知来历的
光与哀愁。

真相

你折叠流逝的时间,
塑造一个影子。
你写下无数寓言,
每一个都是谎言。

半夜,有关存在的论证变得世故。
暴雨,漆黑的杂货店
是仅剩的朴实。

你相信这些若隐若现的轮廓,
像克服恐惧;
摆脱了我。

但阴影爬上皮肤,
覆盖我们同时被践踏的眼睛,
一种诚实?

你不得不用
徘徊的语词去写下一个。

隔离

关住门窗,关住孩子。

关住不安分的躯体
关住勇气
让下沉的更沉,更稳定,
让真相和假相涌过来。

关住紫色、红色
人们在春天只需要草尖和柳枝。
关住雪和寒冷
倒春寒太过漫长,冻伤了老实人。

我常感到有只手
掐住心脏,为什么
我们的土地上生活着
无数老实人。他们沉重、顺从,
将自己隔离在明天之外。

垛楮①

1

追究三月的冷风,细问它是怎样

吹过哀牢山东的双柏县。

空中的垛楮树盛大荣耀,"开出日月花,结出星云果"②。

可我们,谨慎言之仅仅是我,史诗以外从未找到你。

诗行中为同行人的沉默选择观念

正不可避免地伤害各种无法完成的诗句。

怀疑的风,

吹动不崇拜虎的我但不是左右。

芍药与高山栲啪嗒啪嗒敲打着风在老虎笙③中,

镜头里的毕摩挥起长杆,追逐他脚下的阴影,

我有些想放弃顽固的探索。

比如表演广场后面,这座禁止女人踏足的山,

---

① 彝族传说中长在天空里的一棵树,出自《查姆》。
② "开出日月花,结出星云果"出自《查姆》。
③ 云南省双柏县一种传统舞蹈。

我站在边缘眺望,上面除了有些深绿的野草
还有些浅黄、金黄、灰黄的野草。
为什么要凝视它呢?
你,世间的垛楮树并不在其中。而"风在山中"①。

2
这棵根深叶茂、深入四方的树异常迷人,
每一段有关垛楮的描述,都像是先人
留给后世的谜语。那时没有天,没有地,
现在都有了。明晰的季节,强光在水面回放
独眼人、直眼人与横眼人的时代。
我是否正处在这第三代人的进化中,或者是
被抛弃的一个? 乌云滚动着从远处覆盖过来,
我无能为力。我很冷,
山顶的这段路正经受阳光的切割。
褪去色彩的草地,往上是成片马樱花
往下的小路我独自去察看,
所有秘密快要揭穿,骤然下降的一个坡底。

---

① "风在山中"语出云南省双柏县副县长宋轶鹏。

3

他说迟两个月来,是最好了。

我看着那些未复活的花在他漆黑的脸后

不断向上生长,柔嫩的茎呈现透明状

在空中尽情旋转,像一群失业的舞女重新回到了

剧院帷幕后。她们拉开幕布偷窥观众是否坐下,

数数卖不出去的座位,将彼此捆绑,

种在这片土地上;她们一曲未完不见了,

他拿出手机

给我看两个月后的这里。

最好的一片景致。这位年轻好看的村委书记,

请留步,你知道那棵,让所有鲜花失去色彩的垛楮

在哪里吗?

4

公塔伯①推动这一天又要过去了。

地下折射出无数的光,

---

① 彝族世代所崇拜的三只神虎名叫"塔伯"。

这棵想象中的树,傲立于此间

持久为我低语诸事的起源。我还是个孩子时,

一个民族流传的故事

或隐秘的暗语会像深埋的铁矿一样打开,

它们在口语的扩散下多么神奇,

像我们夜宿的安龙堡,黑夜里发出

呼啸的风声与哭泣声。白日我曾踩住倒下的圆木

攀上弃用的土掌房,我在屋顶被莫名其妙的力量

推得摇摇晃晃,垛楮便在空中看着。

它时而竖起,时而横卧,

似乎对我的好奇表示更大的好奇。

它很快浮向更高的空中,枝叶呼啦啦扇起大风,

它在风中越来越远时,当然令我生出崇拜之心。

5
那神圣的火苗是狂欢。

晚饭时我去找厕所,

离开青松铺地的桌边,走过干冷的枯草地

不算远的一截路,有位彝族女孩为我照亮。

她手心的火突然熄灭后,那边更黑的地方——

沉寂的树林,垛楮理所当然

来到我模糊的视野里。我的视力比白天时更弱了,

可是这垛楮却异常清晰,

每一片叶子上脉络的走向都在引我屏息静声。

"你看……"

我扯住等我的女孩,伸出手,

一根根树枝在我的手心燃烧。她惊异于这件事,

远处的垛楮冷静地退后,

它令这万物生万物长,我们活我们可能的死亡

竟从不使它动容。一种残忍的俯视。

那晚后来,我点燃了木柴堆起的篝火。

6

我没有宿在绿汁江边,我住在毕摩庇护的镇上。

我太累了,下午错过了去见他。

没有人提醒我见毕摩的时候可以问什么,

我也不打算请教垛楮去了哪儿。旅程快要结束,

垛楮再也不曾出现。我看不见它了。

过去我也突然失去过很多东西,情感、能力、运气……

实际上我可以失去的东西很有限,

我还是活着,那些远离我的一切像个迟到的预言

尴尬地补充事件的进展。我并不盼望它们回来,

我珍惜身上从不离开的这些,我的遗忘。

7
我在爱尼山脚发现三只黑色的虎,

它们正在饮水和跳跃;可能的观望

来自我对它们的探寻,这几只虎的爪子

落在溪流边簇拥的石头上;

雄健的身体陷入黄褐色的山景中。来这儿的路上,

高大杂生的草木打动了我,我按下车窗

让风席卷起山路上四散的黄土扑向我;

我的眼睛,有些酸痛。

这几天我不断点眼药水,希望更准确地看清垛楮。

它像是久未发生的一个梦境,

我得到一把垛楮种打算播撒,

三只虚拟的黑虎轻轻咬开坚硬的种子

又埋进土里。它们是光,

是地上和山上的神,我的安慰。

第三辑

请宽恕
——写给西渡和桃洲

请放弃徘徊的手指,
它们不停地捡起松枝
丢进重新燃起的火堆。

词语本身,
也随着"燃烧"的反复发生巨变。

那久久震颤的火苗
覆盖
词与词的冲突,
松枝燃尽时的香气
有些哀伤。

请宽恕
松林的奋不顾身,
请宽恕
冒险的诗行。

被禁止吐露的

我忘了一些词,
我用嘴喂你一些词
叹气声里混杂着
沸腾的词。
这些被禁止的,无法实现的。

我咬住你的唇,
黏稠的血和眼泪,
湿润的词。
全部的力气、勇气、
侥幸的善——不容忽视的——

这些被你咽下的,从不软弱的词
我想喊出来,
我要踏着它们的声调
跳星星舞。

这些,

不属于恋人的词
不能只是永久低低地耳语。
这些光明的,滚烫我们的——
理所当然
被公开仰慕。

这些死去的,
这些复活的。

天真记

我从虚掩的窗瞧见了她。

她仰着睡着了,
灰沼泽在她身下。
她单薄的肩,倾斜,
然后吸进去了。

淤泥中的胸脯颤抖,
她是白色本身。
我想触碰这种本质,
并以为是爱。

我爱她正在坠落,
一点点消失。
她知我的窥探却不睁眼,
犹如天真临世。

我从窗户跳进来,

立在沼泽边缘。

看着她,

在永恒中失去最后一点踪迹。

女演员来到夏季

夏季,
显赫堂皇。
黑暗的消去,
明亮的,更加光灿。
让哀伤的人,
有能力承认心碎。

女演员,
正剥开这颗心。
它们嘤嘤地求饶
以及欢乐。

落后的美,
无处不在。
谁有权
索取一颗残缺的心?

造梦师的预感

她自破败的梦走向一座新城,
忧伤削弱了路途的艰难。

在梦里,她得心应手
万物皆有,
万事一一建起。

森林幽深,
湖面溅起水花,
野兽顽皮良善,
迷路的人类也有趣真挚。

她像模拟过无数次,
沉潜在一幅徐徐展开的画卷
不忽略细节点缀,
美得严苛,
造梦师有这权力。

下雨后一切都变了。
嘈杂的声音,
从叶片上每一个水珠传来。
那个人在水珠里
呼唤她。

他的声音,吸引着她。
她感到爱。

她理所当然去向他,
独自一人,
穿过迷障重重的连接带。
她略微清醒地想:
这不过是另一个梦。

犹如深海

吸住这对恋人的,是甜味,
潮水涌到他们胸口
仿佛浓稠的糖,在火苗里烧,
变软,
为他们塑出精致、严密的外壳。

两个疑惑的人,
向海里游去。
他们不接吻,
但吃彼此唇上的颜色,
蜜一般,芬芳。

甜在水里荡开——
层层海浪掀起,
巨鲸也来到,
成为他们的坐骑。

两个与海水逐渐合在一起的人,

端坐鲸背正中
向深海里去。

一片丛林,一片岩石
到处挂着
失去主人的话语。
——那些迟疑的过去,
从未成型的音节,
那些从舌头卷翘中抓取的声音。

他们的无声!
哦,此刻,
事实上他们也看不见对方。
他与她之间,隔了柔软、厚实的
海水,
无数的甜。

芳芳小姐

想想你的手,
我就疼得不行。
我也被拔过指甲,
你的是手,我在脚上。
虚荣害了我,
你不一样,你理所当然为了治疗疾病。
一些小毛病,
我们在二十岁时放纵过的纪念——

你的疼不少于我。我的,
也不低于你。
——它们不一样,
形态、气味各有特色。

你说我喵喵叫起来像坏孩子,
我不叫、不动也是个坏模样。我这么难看,
你干吗要做我的知己?
摔盆子,吵架,

我在你的沙发上抽了五种烟，
分享噪音、灰尘与春天——

你像好孩子那样疼，
芳芳小姐。
请让我尝尝你的新爱好。
你的月季，你的仙人掌。

厨房里，面包机在工作，
塑料砧板上规划着精确的刻度，
我在哪一格
与你共享这一天？

芳芳小姐，午安。
芳芳小姐，我们在时光里约会。

我要将今天
献给你，
还有我的红指甲。我的爱。

但是:
那些微微的风声,
那些低低的笑声,
都在呼唤她——

来吧!
来吧!

她仍在想象里冬眠,
她自认是头母熊,只能是
这个摇晃的傻乎乎的玩意儿,
不能是其他任何东西。
肥硕的手掌,
屁股能压死人。

她握住我的手,
展示她的力气配得上。
她说,她愿意。
尽管被欺骗,
被无礼地对待,
为了更重要的事
她愿意。

她接受不公正,
像接受早晨起床后喝水;
像傍晚去散步,四下无人;
像她早已忘记生活。
"很多天,她这样看着
山脚的消防水池——"
我的叙述,
让你厌倦,
你不耐烦地挥挥手,
从长桌左侧走进厨房。
你饿了,
要看看冰箱里还剩下什么。

你的背影
和她一样纤细。

我又想起那个半夜,她醒来
发现眼睛
不断滚落着泪珠。
她就这样压抑地哭着,
像是预知了未来的所有。
她的鼻子,她的嘴巴

被泪水包围了。

月光透亮,
山风寂寥。
我轻轻地呼唤她——
她抚摸你好久,
推开窗户,飞到月亮上去了。

孩子,我得承认,
她有些勇气。

赞美夏季

你走进枯林,
想向遇见的第一只异兽,
向她
献出永远的夏季。

可她甚至没有思考就离去,
踏过的草地传来湖水封冻的消息。

她去到未来历练,
用石头堆出已死的丛林。
劳动艰辛,
她不介意。

繁华盛景,折磨她,
埋头敲打所剩无几的石头,
她失去记忆。

新的秩序

带给她所有风,所有黑夜,
使她残忍,瘦骨伶仃。

爬上已成高山的石碓
瞭望壮美山河,灵鸟低飞。
你将夏季捂在衣领里,
还是冷得发抖。

而她说:
向你致敬。

星空

一尊佛陀来到我们中间,
他斜睨我毫不亲近,
金身,忽大忽小。

暗淡虚空之上,
我们相对打坐。

无限后退的星群掠过,
追逐的花豹跃出丛林。

从岩石到岩石,
刺破了空气,
我的眼泪。

我只拥有花豹离去后的世界。

而你,投在过去
克制的影子里。

献诗

从都①与山相邻
一坡野花星星点点,
明丽闪烁,光在其中。
午后,溪水流动得犹疑,
松柏,突兀地出现在南方。
我在这里悄悄地散步。
桂花有些若隐若现的香气,
叶片随暖风抖动,
一个错乱的冬季
搅乱万物生长的规律。
什么不可以改变呢?变化,
引领我们过完每一个月份,
我难以想象它何时会停止。
过去的事,被抛弃在木钟的缝隙里。
渺小如微尘。
我想起,帕斯在一个傍晚

---

① 位于广州从化。

他在纸上写

——我也在纸上写。

我以各种方式为你写过几句话。

他写:"我多么愿和你说话,

如同人们现在说的那样。"

我身边没有人说话,

我一个人过了拱桥。

杉树是橙红色的,

叶子背着光,夹在一片乔木林里,

像前方的异类,

既不能独处,也不能融入。

——它也想写。

它发不出声音,它的手脚被捆缚

在树枝上。我听见它的沉默。

用你和我都未学习过的含蓄。

它是位不愿意传授语言的老师,

我站在对岸看着,

庄园里的电瓶车正在来接我的路上。

这儿有一个博物馆。我必须去看看。

我想:

我不会再为你写任何词语。

被规训的道路,我走得太远。
你忽略了这点。即使我,
取出身体里藏着的另一个自己,
放在脚下踏碎。你也看不见。
你看不见我,听不见我,
这不是一件坏事。可你,
听不见自己。
你便是我。
你是我写下的每个字,
是我的基因复制出的任何一个人。
可还是有些什么说不出的东西
驱动我们的决裂。

这一刻从何开始?
不久前,我刚走进从都,
在房间里安顿好行李,
开阔的阳台上,阳光晃动如
一只神的手撒着金粉,
细碎的,严厉的。
我坐在藤椅上,
看外面的景色。
蓝色屋顶恢宏如宫殿,

一个肃穆的都城就此呈现。

北方来的高大树木

填满裸露处,

被遮蔽的地方有一些小池塘,

紫荆花盛开,在我的脚下

仿佛盛世之国被主人拱手相送。

我也给过你这片赤诚。

我在诗句中质疑自己多次,

精心选择合适的词语,

塑造一个你。我不想见到你时羞愧。

即使我从不曾见过你。

你出现在我走过的每条小径,

树林,被遗忘的旧宅。

太美的风景你惧怕。

平庸又为你不屑。我也不屑。

有一次我差点儿发生变化。

那是一个路边的小贩

对我笑着,说:

"多好啊,这泥泞的一天。"

我赞同,我的身体在颤抖

屈服于这每一天,

接受日升日落。多好啊。

我们的现实迅猛而来。
像是一场飓风,带着困境与诱惑。
可你拒绝了。
你带动我,在纸上写。
你写:继续来找我。
我很温顺,我遵从你,
我到处找你。
语言的打破与重组,
每一次尝试即会带来一个希望。
我做过各种诡异的计划,
顽皮的、恶劣的,
揭穿与畏缩不前,
眼睛与嘴巴无休搏斗,
一道强光始终贯穿我的心。
我的心,也是你的心,
你疼吗?我疼。
它被烧着了。
火与浓烟,在身体里穿梭,
我快要裂开了。你在哪里?

我在燃烧的杉树对岸。
你或许已来了,

或许从未离开，
你是空气，
是飘浮在树顶的光。
你给了我许多。
你带我走过从都的一座桥，
让我在路边等候去博物馆，
你在冬日将尽时，
给我自由。也给你自由。
你不再是我。
我知道。
你是我看见的任何。

我们为什么爱你

艾米丽为什么爱你,先生?
她说:风不去问草儿为什么动摇,
闪电不问眼睛为什么闭上,
于是,她爱你。

我们为什么爱你?
先生,你在沉默中,
词语经过你的严厉
发出有限的声响。
嘿,像苏联第一个摇滚歌手
维克多崔的节奏,
节制的踏步声,还有点甜。

先生,我们爱轻微的甜。
恰到好处。
昨天的阴云中,蚂蚁爬上我的短裤,
口袋里有残余的巧克力。
它们忘记危险,把我的腿当作

通往极乐世界的桥梁。
一队小战士敏捷又忠诚,
像我们爱你时的勇敢,先生。

我拍下它们不费吹灰之力,
先生。我拍了。
风吹过草地,绿草匍匐;
闪电来到眼前,眼睛闭上了。

我们迎着暴风雨来前的光芒
穿过茫茫草地来到你面前。
所以我们爱你,先生。

不可原谅的

哺乳动物呵,人类,
进化使人直立行走,
农耕社会的到来让世界变得广阔,
个体逐渐微小,
牺牲人自身的迅猛发展,
身体的,意识的。

假使人从未埋下种子,
游猎于旷野,吃一天,饿两天,
我们可能早成为巨人
或灭绝,被另一个物种取代。

享受了远祖用勇气和偶然开拓的现世,
虚弱的现代人,你们痛苦吗?

有些人已不认识自己了。
我读小说,
读古代与现代的心,
读触摸的每一种感觉,

试从复杂处境中找出简单的路
靠近这些人,
理解他们的遗忘
是爱,是表达,是致敬。

先人们活得太短,大多智商不足,
留有吞食同类的记录。
他们身材矮小,佝偻着奔跑谋求活下来,
难有认识自我的机会。
他们,不需要明白生与爱的密切。
而一旦这种体会降临,
便是物种的剧烈变化。

由此可见,现代人遗忘自己
是不可原谅的。
每一次轻易的遗忘,都在退化
和损害同类的利益。

放弃遗忘的权利,
这是诗的想法。
是黑与白之争,是夜与晨的边界。

而层层叠叠的雾气笼罩着。

她是谁?

桥洞的秘密从何开始?
六个影子汇聚于此。

什么季节了?
想死的果实击中影子之一,
落地是会意,是腐烂。
坚硬的心
埋在这里。请用工具来凿一凿,
影子之二呼唤淘气的
堂吉咳咳嗒勇士——挖掘机兄弟——

从地下捞出石头,捞出火花拱起的刹那
缠绵之路铺满鼠尾草。
紫色迷雾中,一位少女走来。苍老的。
情真意切的?
她无视第三个影子,
双眼穿上丝线,她亲手钩出花。

微妙的花,

盛开在眼角。

第四个影子,好辛苦才想起

少女平缓的经历——所有影子

都见过又遗忘的她

独自走来,带着紫雾和铃铛

叮当,叮当。

叮当,叮当,

在午后。矮胖的影子之五

萎缩成土豆般大小,

嚣张地滚到她腿边转圈

将浮在空中的风吸住

坠到她身体里。她也在旋转。

她在飞,越过木棉梢

旋转。可耻地战栗?

她向湖边飘去。

影子六睡在她脚上。

他们来到最好的一块地方坐下,

忘记这一天的相遇。

夜晚正降临,欢腾吧——

蛊惑人心的故事

碰撞、裂开

流淌于她湿润的眼中。

谁之过?

此刻它来了。

那神秘的力量不可捉摸。
雨水清洗街巷
在尽头汇聚成河。

荡漾,荡漾——
在河上,人们为之折服。
波光粼粼的水面
催人沉睡。

可不安隐在船下,
深绿的水草缠绕,
下沉。

你早知道,
人们将深陷此处。
而你,冷淡地看着。

它对你微笑,
略感歉意。

我看见未来

1

我有感受未来的能力。我从一只灰猫残缺的尾巴

察看它第二天将去的草丛,一个女人拉着孩子

往椭圆形的铁盘里倒鱼骨。鱼骨也有未来。

它穿过灰猫身体落进下水道,随着污浊的水流入江水。

江水不停,往南汇入大海。鱼骨回到它诞生之地。

我看到,几天后我站在阳台上,面对山顶阴沉的天空

忘记已发生的事,为什么不呢?

往昔像海水里浮起的根根鱼骨,抵着未来的喉咙。

足够让我哽咽的尖锐感,同样属于未来。

我知道海水的未来在寒冷里汇聚成冰,

等候撞击。破碎。一块冰离开群冰。

透明的块状物即将变成气体,离开海,
仿佛我们离开深爱的人。

2
我看到很多未来。闭上眼,未来的风吹草动
在我眼眶里打转。有时我看见了,
仅仅让它们只存在于看见。我像忘记过去一样
安置这些还来不及发生的事。比如说
一星期后的清晨,我会去市场买菜
必须路过一家物流公司后门,
几台破旧的卡车与依维柯停在那儿,我没有数,
我被围住了。我陷在数字的排列中,
该如何计算才能更快捷地走出去?搬运工蹲在台阶上抽烟。
他们讨论着盒饭里的肉不够多,米粒太硬,
然后,他们扔掉烟头开始干活。
他们没有看我。他们将板车上的货物倒在我身上,
那种铁制的,有四个小轮子的拉货车,
它们一般刷成蓝色。它们碾过我的脚,

哐当哐当,像巫师的摇铃晃个没完没了。
可我不想疼,不想听见。未来出现得太早,
让我疼了太多天。

3
看见,这个词对于我来说是个提醒,
就像落日提醒第二天会来,
不管你是否拒绝,黑夜总要结束。
这一次我同样看见,冬季的大雾很快会扑来
我在雾里动摇,水汽停在我的短发上。
我的嘴唇涂了口红,橙色的
像这场雾降临前的好天气,夕阳在孤山身后
恋人们吃着对方眼里的光。
我也曾看见光,我闭上了眼,
我也曾睁开眼,被光灼得看不见未来。

4
我从沉睡中醒来,又立刻陷入迟疑的眼泪。
长夜带给我们未知。过去与未来之间狭长的缝隙,
 像把精心打磨的刀,
 雪亮的刀,切割我们与你们联系的刀。

你们属于上一个季节和下一个季节,

你们的手在天台上剥瓜子,

抚摸叫唤的斑点狗,你们和朋友在经验里忽略我们。

你们有玻璃上滑动的水滴和转身,

你们有不同的心事和习惯,

你们说不出话,词语在你们的胸膛中敲打。

它跳不出来,它不断地变化音节

它有着模棱两可的形状,你们心中的泥潭

使它失去向上滑动的能力。你们,

只能在我们的观察中沉默。

你们奔跑,雨水灌进高领毛衣

像爱人轻轻咬着你们,从干燥到达湿润。

这就是未来,我早已看见。

5

当我二十岁时,我怀疑过我看到的未来。

科学让我敬畏,我没有信仰,

我在睡前读《圣经》只是为了平复喜怒,

没有神给我任何启示。三十岁时,朋友领我去教堂,

我在赞颂中痛哭。没有神爱我。

我前排的人在唱,我后排的人在唱,

孩子在唱,老人在嗫嚅着唱,

他们的手交叠在一起。他们拥抱自己,

他们的眼镜和智慧,他们的手帕和善意,

他们向我张开翅膀,呈现出一个清晰的世界。

我想,我需要这种明确。

我试图走向他们,却被风推出了门外。

我走进风里,

我看不清落叶上写满了什么字。

6

我在失败中寻找一种可能。你们看,

我到今天还保持着儿童的品质,

走路弹跳、摇摆,

我笑起来像是不曾看到未来的阴影。

而阴影笼罩我。昨天晚上,异常寒冷,

我一碗又一碗热汤喝下去,

忍着眼泪,坐在书桌前翻看一本书:

"问题不在于我们的感官印象会哄骗我们……"

书页有些污渍,台灯发蓝的白光照耀着每个字。

它们凸起来,在纸上战栗,
触动我的眼睛向下凝视。
我的固执,我分辨不出的去处。
我取下眼镜去洗脸,模糊中依稀看到
镜中的身影弯成一张弓,随时准备弹出去
像窗外传来的呼唤声,在风里折成碎片。

7

我再次确定,我一直寻找的真实过于冷酷,
就像被大雪压塌的一个个公交站台,
一个个倒下的乘客,
我倒下、站起来,
我心如刀割,而毫无意义。

8

我为我的虚弱感到羞愧。我时常害羞。
在未来,我听到一首动人心弦的乐曲,
我坐在厕所里的木凳上安静地听,
在心中努力记下每个音符,到了这个岁数
我终于有点明白,
我不想忘记任何一个瞬间:好的,不好的。
哪怕只是一个清晨的偶遇。

我在十一月遇见迷乱的桂香,
夜晚与夜晚的无言,你不了解。
我那时还不是我。
我在冬天遇见雨,一只扶我的手出现过两次。
这是个不算大的手掌,却温暖、有力,
我摩挲着它,像是提起心肠去触摸一块
火上锤炼的铁。我害怕啊,
未来的事我早已洞察。
我在未来会再次遇见你,我看到了。
我明白,我也仅仅是看到了。

跋诗

不轻易谈起自己
像不能随意去爱慕他人。
每写出一个我,
都负有重责。
即将要表达的,
是否对得起
支撑起肉体的精神?
没有形状、味道,
隐藏在血中的
一缕神思。
但如此慎重,
让我更加后悔。
为什么不轻率,
甚至放纵?
像真正的人,
可以犯错的人。

图书在版编目（CIP）数据

城邦之谜 / 杜绿绿著. — 上海：上海教育出版社，2021.11
（白鲸文丛）
ISBN 978-7-5720-0903-7

Ⅰ.①城… Ⅱ.①杜… Ⅲ.①诗集 – 中国 – 当代 Ⅳ.①I227

中国版本图书馆CIP数据核字(2021)第216209号

责任编辑　曹婷婷　朱宇清
书籍设计　陆　弦

白鲸文丛
城邦之谜
杜绿绿　著

出版发行	上海教育出版社有限公司
官　　网	www.seph.com.cn
地　　址	上海市闵行区号景路159弄C座
邮　　编	201101
印　　刷	上海普顺印刷包装有限公司
开　　本	787×1092　1/32　印张 6.375　插页 4
字　　数	95千字
版　　次	2021年11月第1版
印　　次	2021年11月第1次印刷
书　　号	ISBN 978-7-5720-0903-7/I·0086
定　　价	39.80 元

如发现质量问题，读者可向本社调换　电话：021-64373213